KB104483

별꽃 ☆ 이희헌의 눈물 꽃 편지

사랑의 단맛! 눈물은 참으리라

사랑의 단맛! 눈물은 참으리라

초 판 1쇄 인쇄일 | 2014년 10월 20일
초 판 1쇄 발행일 | 2014년 10월 25일

지은이 | 별꽃 이희헌
펴낸이 | 하태복

펴낸곳      이가서
주소         경기도 고양시 일산서구 주엽동 81, 뉴서울프라자 2층 40호
전화·팩스   031-905-3593   031-905-3009
홈페이지    www.leegaseo.com
이메일       leegaseo1@naver.com
등록번호    제10-2539호

ISBN 978-89-5864-311-1 03810

# 별꽃☆ 이희헌의 눈물꽃 편지

별꽃☆ 이희헌 지음 | 유별남 사진

사랑의 단맛 ! 눈물은 참으리라

이가서
Leegaseo publishing

아직 해변에 잔설 남은
남해의 길목에서 눈길끈
고고한 자태를 보았다

겨우내 끈기로 살아남아
내 사랑을 보라고 피워낸
가슴시린 인내를 보았다

허세 하나 없는 모습에
질긴 인연의 슬픔을 견딘
숨겨진 아픔을 보았다

붉은 정열 가슴에 품고
활짝 피지 못한 꽃봉오리
애처로운 마음을 보았다

긴 기다림으로 애가 타게
피워낸 사랑의 마지막
결정체를 숨죽여 보았다.

눈물 꽃 편지를 출간하며

별꽃★ 이희헌

## 3부 /
## 실눈 뜨고 본 얼굴

4부 /
## 그리움이 비가 되어

## 5부 /
## 아기별꽃

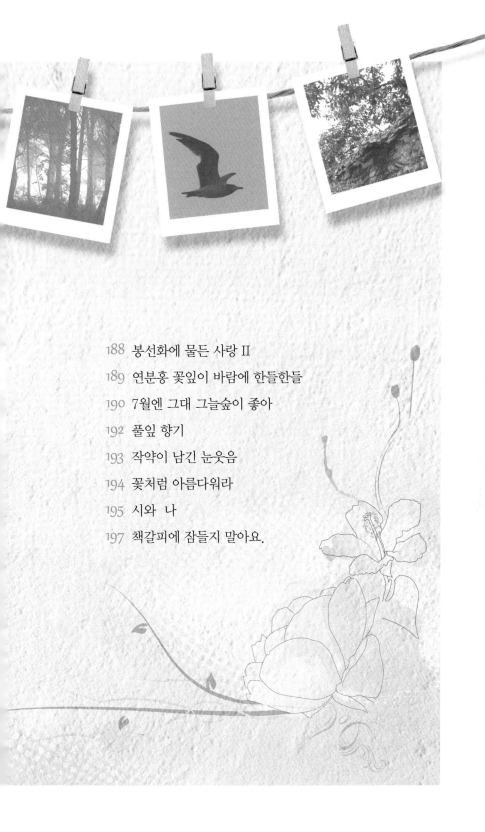

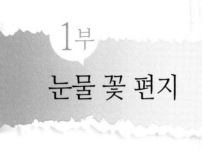

# 1부

# 눈물 꽃 편지

# 눈물

왜 울고 있니
슬픔에
외로움에
절로 나온
신음인 거니

닫힌 가슴
마음 놀 곳
하나 없던
설움 담아낸
울음인 거니

씌워진 가면
벗겨 달라
애원했던
기다림이
흘려 낸 거니

행복에 벅찬
순백의 눈물
손바닥으로
몰래 훔쳐낸
눈물인 거니….

# 하얀 나비

포로로
기척 없이 왔다가
꽃도 없는 이 길을

함께 걷고 싶은 마음
나와 통했나 보다

하얀 나비

앞서거니
뒤서거니
벗이 되어 같이 가다

훌쩍 날아가도
그리워하지 않을게

흙냄새
바람 냄새
마음 향기 맡으며

# 해질녘의 단상

서서히 주변이 물드는
해질녘
마음은 꿈같은 분홍색
가슴은
쓸쓸한 회색

그리움을 느끼는 시간
슬픔이
촉촉이 젖어든 눈가에
말 못할
무의식의 언어

눈물 흘린 기도 속에
애절했던
작은 희열의 느낌 진정
황홀했었다.
해질녘의 단상

# 꽃잎 한 접시

한입 두입
분홍 꽃잎 모은
떨리는 손길

애절한 마음을
접시에 담고
감춰둔 눈물

한 방울 떨구어
생명수에 물든
임의 심장

날 위해 뜨겁게
붉게 타시라고
곱게 바친 꽃잎

생명수에 물든
임의 심장

날 위해 뜨겁게
붉게 타시라고

곱게 바친 꽃잎

# 울고 있는 가로등

그 날이 언젠가
묻지 않았네.

와줄 거 같은 임
마냥 기다리는

하얀 눈물
한 곳만 응시한

불 밝힘의 뜻
오늘도 내일도

별꽃의 광채에
그림자 잃은

눈물의 빛
따듯함을 아는

임을 위해 남긴
가난한 빛이

소담스럽게
내내 기다리네….

# 아서라, 꽃잎 떨어지랴

쏟아 붓는 속절없음
여린 꽃잎 떨어질까

눈 떼지 못한 채
발길 돌릴 수 없어

파르르 떨고 있는
살핌의 눈 헤아리렴.

살살 조심히 내려와
다치지 않게 적시렴.

물방울 다정한 씻김
고운 세상 안겨주렴

# 나의 꿈이 되어줘

네 이름을 찾고 싶다
내 의지로 말을 하고

꿈속에서 임을 만나
시를 써주고 싶은데

돌아봐도 무정한 세월
어이해 지금 꿈이라

허망이 손에 쥐준 행복
고맙다 버거워하는가!

# 눈물 꽃 편지

순백의 면사에
써 내려가는
그리움의 언어
하얀 미소 짓고

행복한 시간은
추억이 되어
슬픔으로
만져진 과거

쏟아내지 못한
울컥 이는 심사
실타래 풀어
가득 메운 채

소리 내지 못해
가슴속에
담아둔
애잔한 마음이

하얀 손 위에
눈물 꽃 피워
번지 없는
편지를 쓴다.

쏟아내지 못한
울컥 이는 심사

실타래 풀어
가득 메운 채

하얀 손 위에
눈물 꽃 피워
번지 없는
편지를 쓴다.

# 하얀 날

마음이 하얀 날
당신이 곁에 있다면
바람의 말
전하고 싶어요.

잊힌 기억 일지라도
아름다운 추억이기에

슬픈 사랑은
들꽃으로
흰 구름으로
머물러 있어요.

하얀 눈물이
소리 내지 못하고
기억의 퍼즐을
헤집어 찾고 있어요.

# 가락지 끼워준 손

가실 바람이면
오질 말지
가려는 찬 가슴 거부한 채
면사포에 눈물 담은 세월

가려던 발길
뒤보지 말고
라일락 향길랑 기억 마라
지쳐 쓰러질 피멍든 냉가슴

가락지 끼워준 손,
맹세의 추억만이
혼이 되어 흙으로 남겨지고
덧없이 존재할 운명의 족쇄

# 터널 속에 내가 있다

꼭 지나갈 암흑의 터널
널 만나러 가야만 해

속이 까맣게 타들어간
에오라지 너를 향한 길

내가 견뎌내야만 할
가볍지 않은 시간

잊을 수 없는 고통마저
다 지워갈 삶의 통로

갇혔던 어두운 마음이
본래에 지녔던 순수한

빛을 따라 걸어간다.

# 아카시아 꽃


늘어진 자연스러운 풍요와
하얀 속살의 달콤한 향기에
저절로 포근해지는 마음은
엄마의 젖가슴 그리운 냄새

가위바위보 사랑냄새 다정한
연인들의 추억이 담긴 잎이
손톱 끝에 매 맞고 목 잘린
이별의 순간에도 엄마의 꽃

따뜻한 가슴이 편 하얀 눈길
고운 발로 부디 밟고 가시란
아쉬운 정 코끝을 물들이는
사랑의 단맛! 눈물은 참으리라

아쉬운 정

코끝을 물들이는
사랑의 단맛!

눈물은 참으리라

# 까치가 울면

유난스레 까치가 운다.
소식이 오려나.
마음은 설레고

까치 소리에
마음 빼앗기는 걸 보니
많이 외로운가 보다

까치가 울면
좋은 소식 온다는 희망을
알려준 어린 시절

어스름한 초저녁
회색빛 가슴 한 편에
꽁꽁 묶어 두었던

내 시린 감성은
눈물도 웃음도 아닌
허기짐으로 촉촉이 젖는다.

# 늘 그리운 사람


내안에 당신이
집을 지은

고슬고슬
모래 밥

풀잎 꺾어
썩썩 콩나물

빨간 돌 갈아
쓱쓱 고추장

비벼 먹던
행복한 입

너는 아빠
나는 엄마

사랑 표 밥
소꿉장난 그리움

# 사랑 그 놈

아주 오래 전
그 시절에
시 한 줄 써 보았어요.

나뭇잎 위에
요렇게 적어 보았지요.

'사랑하고파'
'사랑해도 돼'
'사랑하나 봐'

세월이 흘러
중년이 된 지금도
사랑 타령하고 있어요.

사랑 그 놈도 이제야
詩가 되었군요.

# '영원히' 라는 말

내게는 감각 없은 반응
'영원히'라는 말

희망이라 표현하기에는
너무 아름다운 약속

"엄마랑 영원히 살 거야"

동심의 마음이 표현한
유일한 사랑의 말

가엾은 마지막이 있는걸,
이제야 알기에

소중하지만 커다란 아픔
"영원히"

알고 보면 너무 연약한
말이라 가슴이 시린 말

소중하지만 커다란 아픔

"영원히"

알고 보면 너무 연약한
말이라 가슴이 시린 말

# 마음

누구에게나 마음은
주인이라고 쉽게 말하면서

집 주인을 들여다보자고
무엇을 이야기 하자고
굳이 끄집어내려 하는지

같은 마음을 갖고 싶다고
다름의 차이를 알고 싶다고

내 마음을 알아달라고
네 마음을 알고 싶다고
마음이 마음을 만나고 싶다고

너는 가볍고,
나는 힘겨운데

굳이 끄집어내려 하는지

# 흰 구름 먹구름

흰 옷자락에 바람 불어
꽃 신 벗어놓고
옷고름 노리개 풀어놓고
먹을 갈아 시를 지어
구름 태워 보내고
시름 잊고 사는 한 세상

흰 구름엔 꿈이 날고
먹구름이 축복해준
행복이란 비를 맞겠다.

# 아름다운 착각

어느 한 날, 들꽃 향기
진동하는 풀밭 위에
나풀거리는 너를 만났지

화려한 날갯짓에 이끌려
숨 멈추고 조용히 다가가
한 참을 머물러 보았지

눈길 잡아 보란 듯이
신비스럽고 황홀한 몸 짓
들꽃 녹인 아찔한 입맞춤

유혹의 향내 흘린 대가를
즐기기라도 하는 듯
한참 동안 혼을 빼놓았지

혹시라도 날개 편 천사가
임 그린 마음에 꽃나비로
잠시 외출한 건 아닐까

사라지면 어쩌나 졸린 맘
사진으로 남기려 애썼던
아름다운 착각의 순간

# 용서와 화해의 바다

소리 내어 울고 있는
내 눈물 씻겨 가거라.
바다로 간다.

벌레마냥 눈감고 살다
엉클어진 매듭
매서운 바람아 풀어라

고통의 시간은
썰물에 씻기어 가거라.

희망의 노래 따라
밀물에 나도 밀어가라.

묶긴 감정 시원하게
성난 파도에 묻혀가라

큰 슬픔 넉넉히 안아줄
바다로 간다.

씻김 풀림소리 울리는
용서와 화해의 바다로.

벌레마냥 눈감고 살다
엉클어진 매듭

# 용서와 화해의 바다

매서운 바람아 풀어라

씻김 풀림소리 울리는
　　용서와 화해의 바다로 간다.

# 하얀 미소

따끈한
멸치육수 만들려고
물을 끓여요.
송골송골
땀방울 맺혀도

국수를 좋아 하시는
엄마를 생각하며
소면을 삶아요.

밖에는 천둥치고
장맛비를 쏟아내도
막내딸을 기다리는
엄마 마음 알기에
바쁜 손길 움직여요

젊은 나는
덥다 더워하는데
연로하신 엄마는
춥다 추워하시네요.

따끈한 유부국수
소리 없이 드시고

행복한 웃음 짓는
하회탈 닮은
엄마 미소 하얀 미소

# 물망초 연정

침묵하는 나에게 다가와

곁에서 그늘이 되어 주고
웃는 모습 보고 싶다며
순진한 마음을 열어놓고
아이같이 환하게 웃어주던

당신을 기억하는
미소가 그리운 날

홀연히
말없이
떠나던
그 날을 잊을 수 없는

물망초 연정
하늘 한 번 쳐다보고
한 발짝 내디뎌 봅니다.

# 겨울 나그네

어디로 가야할 지
무작정 떠나는 길
따뜻한 기억 찾아
걷고 또 걷는 길에

횡횡 부는 바람
찬 입김 눈물 흘린
가슴을 쓸어내려도

마음 새긴 바다가
눈 덮인 산과들이
반겨 안아 주리라

잃어버린 영혼이
쉴 곳 찾아 헤매던
여린 마음은 다시
올 봄을 기다리며

길에서 머물지라도
머리 하나 편히 두고
잠들 곳으로 떠나간다.

# 시간에게

시간에게 묻고 싶다
나 어떻게 살아왔냐고

뒤돌아보면 아쉬움뿐
가슴속에 남은 뜨거운
열정만이 꿈틀댄다고

시간에게 묻고 있다
어떻게 살아야 하냐고

답 없는 너는 무던히도
말없이 곁을 지키고
난 다시 용기를 내어

끝없이
너에게 묻고
나에게 묻고 있다

도대체
너는 누구고
나는 누구냐고.

시간에게

# 사랑하는 쉐리

쫄랑쫄랑 사랑하는 쉐리!
내 발뒤꿈치를 따라
하루 종일 바쁘네.

겁 많은 주인 만나 황사다
꽃샘추위다, 산책도 못하고
온종일 집안에만 있네.

자전거타고 강변을 달릴 때면
배낭 속에서 고개 쏘옥 내밀고
살가운 바람을 느끼던
귀여운 모습이 엊그제 같은데

십 여 년이 훌쩍 넘을 세월
듬뿍듬뿍 사랑 받았네
살아있는 모든 것은 사랑하고
사랑 받아야 하기에

폴짝폴짝 소파를 오르내리며
생동감을 주던 네가
어느새 노쇠해진 체력 탓에

가족의 도움을 청하고 있다니

사람이나 동물이나
안쓰러운 노년에
보살핌을 필요로 하는데

밥이라도 챙겨 주는 주인이
그저 좋다고 파고들어
내 무릎과 팔에만 있으려고 하니
그런 네가 가끔은 귀찮기는 해도

초롱초롱 바라보는 눈망울만큼은
처음 그 때의 그대로니
내 사랑도 그대로구나.

나가면 혼자 있기 싫다고
낑 낑낑~ 멍 멍멍~
들어오면 반가워서
멍 멍멍~ 멍 멍멍~

가족과 함께
긴 시간을 함께 해 온
쉐리~
쫄랑쫄랑 있어도, 가고도 내 사랑

2부

장미 같은 고백

# 하루

오늘
하루도
당신 것입니다

내게 온
하루
귀하게 쓰겠습니다.

내일 없는 하루라면
지금 이 순간이
어떤 의미인지
묻고 있습니다.

하루만을 꿈꾸어도
해바라기
사랑 빛으로
심장을 움직입니다.

# 나뭇가지 위에 핀 눈꽃

새끼 잃은 나뭇가지
바짝 말라 안쓰럽고

심술 맞게 부는 바람
마른 살갗 휘휘 시려

찬 서리 이기지 못해
울컥 이며 울던 순간

하늘이 내려준 포근한
솜방망이 고이 받아

소리 없이 온기 내준
훈훈한 하늘 겹이불에

포개어진 흰 꽃송이
눈부신 순백의 절개

# 유월의 마지막 장미 축제

화려함으로 다가와
열정을 불어넣은
사랑의 꽃이
외로움에
애닯은

노란 장미에
숨어있는
정열!
다소곳한
수줍음이 있었기에

야릇한
매력에
붙들려 머물다
향기에 취하고
가슴에 화살 맞은

순간마다
시간마다
짜릿한 흥분
한 편의 드라마
감동의 사랑이야기

끝없이
달콤한
'아름답다'
그 말 들려주실
변치 않을 뜨거움을

고백하는
당신에게
고이 지켜온
순결한 사랑을
기도드려 바칩니다.

완벽이라
말 못해도
곱게 피운 꽃
멋진 날, 임을 위해
후회 없이 지리다.

유월의 마지막
장미 축제

# 장미 같은 고백

화려함의 극치라
때론 무관심 했어도

중독성 끌림의
매력을 풍기는 향기

마음 담은 손끝에
정성으로 내줄 사랑

필연의 가시로
야무진 보호의 여백

다가설 수 없는 자태
도도함을 뽐내는

진빨강 황홀한 치장

넋이 나갈 사랑

불같이 뜨거운 유혹

필연의 가시로
아무진 보호의 여백

진빨강 황홀한 치장
넋이 나갈 사랑

불같이 뜨거운 유혹

# 옷장을 열며

봄의 향기로 바빠지는
옷장 문

화사한 데이트 고대하는
설렌 마음

눈길 맞춰 사랑해 달라는
유혹의 표정

미련의 마음으로 머무른
힘겨움의 시선

버리지도 입지도 않을 옷
겹침의 숨 막힘

차라리 나에게 자유를 주고
관심 받게 해다오

몸부림쳐 외치고 있는 거다
그래 이제 너는 자유다

새 주인에게 고운사랑 받아라.

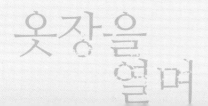

# 눈꽃 연서 (戀書)


눈 감아도
눈을 떠도
하얀 얼굴

솜사탕처럼
부드럽게 와
간질이는 눈썹

가여운 눈부심
숨겨놓은 가슴이
행복에 겨운 자태

두근거린 하얀 심장
붉은 향기 찾아 헤매
숨 쉬다 잠든 사랑의 꽃

# 걷고 싶은 길

그냥
걷고 싶은 길
혼자라도 좋고
함께라면 더 좋겠다.

바람타고 온
이야기를 듣고
곁에 누가 있다면
눈을 맞추고 싶다

그 숨결 따뜻하면
어떻게 살아왔니.
물어보고
안아보고 싶다

내가 걷는 이 길에
멀리서
웃고 있을 그님에게
온몸으로

평화를 전하고 싶다

# 한 송이 꽃이 될까

한 송이 꽃을 보고
가슴은 온통 분홍빛

송이송이 소담스런
꽃송이
가녀린 아픔

사랑할 수 있음에
이렇게
보석 같은 눈물 있다

꽃이라 이름 불러
이 세상을
아름답게 꾸민 하늘

구름만 외로운 인연
보이는 듯 아닌 듯

한 송이 꽃이 되면
사랑도 오시려나.

송이송이 소담스런
꽃송이
가녀린 아픔

사랑할 수 있음에
이렇게
보석 같은 눈물 있다

# 내 사랑 둥근 달

바라보면
푸근하게 다가와
살포시 가슴에
담긴 너

어둠을 무서워 마라
넉넉한 부드러움
쏟아내는
평화의 전언

편안함으로
시린 가슴 달래주고
진정시킨
사랑의 품

안아주고
살펴주고
고운사랑 전해주는
웃는 얼굴

더도 덜도 말고
내민 손
오늘만 같아 다오
내 사랑 둥근 달

# 겨울에 피는 사랑의 꽃


하얀 설렘
분홍 사연

온기 품어
내줄 가슴

살갗 부빈
혼신 열정

몽우리 편
신기루 빛

하얀 세상
꽃물 들은

선홍의 색
눈물 보인

사랑의 꽃

# 아기 별꽃 II

어둠속 유독 빛난 별
맑고 밝은 마음 전하려

별님에게 손짓했던
지난 가을 밤 속삭임

작은 씨앗 하늘에 심고
밤에 안겨 잠든 희망

새싹 틔운 고운 사연
눈 맞춤에 밤을 새워

바라고 올려본 하늘이
벗 되어 소곤대준

간절함이 뿌리 내려
꽃 한 송이 피우고

예쁜 사랑 추억 새겨
탄생한 아기 별꽃

## 억새에 바람이 일면

갈대의 숲
하늘 가리면
참지 못한
사랑도 그곳에서
나눈다지.

바람에 몸 맡긴
매혹의
흔들림에

무너진
순정이
환희의 노래를
불러주는
억새에 바람이 일면

참지 못한
사랑도 그곳에서
나눈다지...

황홀하게 녹아
버린다지.

써억 써억
부딪치는 갈대의
숨소리 메아리로
묻어 준다지.

무너진
순정이
환희의 노래를
불러주는
억새에 바람이 일면

# 내 심장에 사랑이 생겼어요.

똑똑 내 마음에
노크를 한  당신

문을 여는 순간
숨이 막혔어요.

콩닥 콩닥 가슴
두근대는 색깔은

빨주노초파남보
무지개 총천연색

사랑의 물감을
심장에 흩뿌려

명화를 그려놓고
사랑이 생겼다고

제목을 붙였어요.

# 꼭두각시 인형

내 생각은 없다
오직 너 밖엔

당기는 줄
늦추는 줄에

눈감은 인형의
황홀한 사랑 나눔

나와 너의 삶은
벌거벗긴 무대

관객의 웃음 먹는
사랑놀이

눈물로 웃음 파는
살아있는 인형

# 하늘 풍차

하회탈 웃음에 담긴
빈 가슴에 행복

늘 같은 미소, 천년에
남고 말 따듯함

풍진세상 품어 준 임
눈 코 입의 정감

차갑고 모진 칼바람이
두렵지 않을 사랑

임의 손잡고 타고 갈
짜릿한 미래가

반겨 웃는 하늘 풍차

# 당신 그린 눈꽃 숨

하얀 눈이
바람 타고 내려요
당신이 너무 보고파

지친 내 얼굴
당신가슴에 묻고
심장소리 들어요.

내 가슴에 새긴
당신 그린 숨소리
창밖을 보고 있어요.

들리시나요.
눈 같이 내리는
하얗게 내리는 당신

당신 그린 눈꽃 숨

당신 그린 숨소리
창밖을 보고 있어요

들리시나요
하얗게 내리는 당신

당신 그린 눈꽃 숨

# 애인

너의 사랑
애써 피하려 했지

잠깐
숨 고르는 사이에
입맞춤 하는
깜찍이 눈

달콤한 사탕을
입안에서 녹이듯
오 분
십 분을
놓아주지 않네.

착 달라붙는
살가운 사랑의
늪에
빠져 버렸지

부드러운 마법에

눈감고 녹아든

한 낮의 사랑

스르르 쿨

# 터널

돌아갈 수 있다면
그 길을 택하련만

어둠이 실타하며
들어서지 말란다.

선택의 여지없이
가야 할 운명이면

두렵고 답답함을
견뎌내야 할 순간

조인가슴 펑 뚫어
열어줄 세상 향해

서서히 다가올 광명
실 눈 뜨고 본 기대

# 밀고 당기는 줄다리기

첫 시선의 관심
그리고 설렘 그 후

밀린 가슴은 윗목
당기면 따끈한 아랫목

팽팽한 줄다리기
헛된 자존심의 상처를

천천히 살피고
보폭을 맞춰주는 배려

너여야만 하는 기다림

아무도 모를 그 날이
올 때까지

꼭짓점을 찾아가야 할
잡은 손 당찬 심호흡

# 사랑이 비가 되어

사랑이 벅차던 날
빗소리에 담은 숨결
너만이 들을 속삭임

이 사랑의 전율을
비와 그리움 담아
가슴으로 노래해요

되돌아갈 수 없었던
너와 나의 젊은 날도
어딘 가엔 기다렸을

사랑 마른 너와나의
가슴에도, 부드러운
단비가 흠뻑 내려요

되돌아갈 수 없었던
너와 나의 젊은 날도

어딘 가엔 기다렸을

사랑 마른 너와나의 가슴에도
부드러운 단비가 흠뻑 내려요

# 일곱 가지 무지개

색색이 말하지 않아도
곱고 여린 마음 살피고

가깝고 먼 마음 다칠까
지켜보며 보듬어줄 임

무슨 사연 담고 있을까
여태껏 참았던 한마디

개나리 꽃피는 봄 오면
꽃처럼 나비처럼 날아

내 사랑에 소리치고 말
임을 향한 불꽃심장

# 이슬

맺힌 방울
영롱한 빛
찬란한 보석

하얀 행복
자리 잡은
반짝이는 빛

건드리면
툭
쏟아지고 말

신비의 물
곁눈으로 본
환희의 빛

# 예쁜 가을 함께 보내요

조곤조곤 이야기 하며
예의범절 접어놓고
예쁜 마음 전하기에
가슴이 따듯해집니다.

바람타고 걷는 가을 길목

손으로
눈으로
속 이야기 전합니다.

욕심마저 떠나가는 시간
희망을 주고 갑니다.

다가올 겨울을 함께 맞을
따듯한 웃음은
사랑입니다

# 손

포개진 손
따스함이 전해지네요.
외로움이 전해지네요.

기쁘다고
슬프다고

그래요
당신은 그렇게

많은 이야기를
손으로 말하고 있네요.

포개진 손으로….

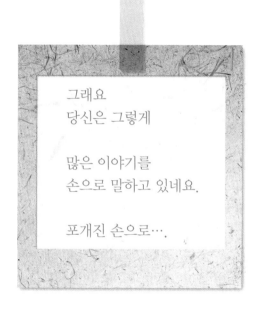

그래요
당신은 그렇게

많은 이야기를
손으로 말하고 있네요.

포개진 손으로….

# 엄마의 영성

고은 자식 미운 자식
가리지 않고 마음 쏟아
안아 주십니다

잘 될 거야 잘 돼야지
그래, 잘한다. 토닥이며
힘주시고 칭찬 하십니다

혹여 험난한 길 갈지라도
되돌아올 걸, 아시면서
침묵하며 기다리십니다.

상처받은 새끼를 돌보며
소리 없는 눈물로
정성 다 해 기도 하십니다.

자식을 빛으로 인도하시는
엄마의 영성은
축복의 영성입니다

# 중년의 아름다움

마음은 여전히
정해진 나이에 꽂혀 있고
감성은 아름다운
로맨스를 꿈꾸고 있어요.

뜨겁던 열정은
이름 없는 들꽃 사랑에
눈 맞춤하고
쉼의 여유를 만들어 가요

세월의 잔주름에
주인공의 꿈 접으랴 만은
화려한 조명보다
조급한 젊음을 재운 희망

살아온 세월만큼
조화의 깊은 맛을 깨달은
이 편안한 마음을
빛과 향기로 전합니다.

3부

실눈 뜨고 본 얼굴

# 사랑이 오는 건가요.

타박타박 무겁게
뚜벅뚜벅 생각 없이
또박또박 가볍게

어느 별에서 오시든
어느 달에서 오시든
이 어둠 밝혀주시고

붉은 마음 새길 임
오실 날 손가락 세어
설렘 안길 봄처럼

내 영혼 흔들어 놓고
안아주실 임, 꿈같은
사랑이 오는 건가요.

# 못난 고집 사랑

다른 곳을 보지 못해
한 곳만 바라보는
바보의 순정

부끄러움 알지도 못할
천진스런 행복
오직하나뿐인 꿈

애오라지 난 너 뿐인
가슴에 꽉 찬
하나만의 당신

세월에 퇴색될 사랑도
잊힐 기억조차 감당할
못난 고집 사랑

아무도 감히 밟지 않은
새하얀 눈길, 당신만
고이 밟고 오세요.

# 사랑이란 언어의 집

향기 나는 말은 결코
아니랍니다.

수줍어 드러내지 못한
마음의 말

쓰린 아픔이 묻어 있는
어둠의 순간

진통으로 빚어내 나온
말일지라도

여린 가슴 살짝 열고
"당신이 필요해요"

사랑의 언어가 필요한
집을 혼자 지어 봅니다.

# 실눈 뜨고 본 얼굴

웃지 않아도 보이는 미소
웃고 있지만 보이는 염려

얼굴타고 흘려진 한 맺힘
살갖에 톡톡 떨어진 눈물

"사랑해"
"행복해"

당신이여야 하는 이유
비로소 눈물로 울부짖고

빗겨간 무정의 세월
슬픔이라 할 수 없던 말

늦은 후회 더는 안 돼
깍지 낀 손 풀면 안 돼

실눈 뜨고 본 붉은 얼굴
꿈속에 안은 내 남자

슬픔이라 할 수 없던 말

깍지 낀 손 풀면 안 돼
실눈 뜨고 본 붉은 얼굴
꿈속에 안은 내 남자

# 야릇한 마음

야릇한 마음이 생겼어요.
이런 저런 말속에
마주하는 시간들
기억에 남는 말이 있어요

내게 마음을 열고
마음으로 벗하자 하시던
임이 좋아하는 노래를
함께 듣고 걷고 싶어요.

별들이 내 귀를 간질이며
내게 없던 마음이
당신에게 가기까지
마음수첩 쓴다고 하네요.

계절이 바뀌는

이 가을에

웃음을 입히고 싶은

당신 때문인 거 같아요.

# 붉은 눈물 흘린 꿈

너와 가는 산길엔
비가 내리고 종일토록
또 내렸어

내게 우산이 되어줄
네가 있기에, 그 비를
그냥 맞았어.

오르막 내리막 능선 길
쌍무지개 피어나는
환상을 보았어.

비바람에 떨린 너와 날
녹여줄 뻘건 몸 태우는
장작불 기다린

마지막 길,
그 붉은 눈물 흘린 꿈
너를 안아본 뜨거움

# 잊지 마 너 좋아해

지금 그대로의 모습
잊을까 두려움에
눈 감기
어려운

네가 생각나는 시간
함께했던 달콤한
사랑 나눔의
기억

눈을 뜨면 시작되는
널 보겠다는 심정이
끝없이
바라보는

오직 한 마음 전부가
너 밖에 모르는 날
잊지 마
너 좋아해

# 숨 막히던 기억

마법의 끌림에
환상의 성에 간
허와 공이
손잡은 만남

내 뜻 너의 뜻
한 둥지에 핀
마음에 꽃
빗장 풀어

문을 열고
거부하지 못할
숨 막히던 기억
정적이 간증한

사랑의 숨소리

# 괜찮은 거야

내 안의 외로움
몰래 들여다본 마음

애써 손톱 보고
잠시 눈감은 시간

다스려지지 않는
유별난 수선스러움

홀로 있지 못할
한 순간의 몸짓은

그리움이란 거
사랑은 그런 거야

사랑하는 마음이야
괜찮은 거야….

# 너와 나는 별에서

모나고 괴팍스럽고
어설프고 투박함에

낯선 시선이 모이고
절로 웃음 짓게 하던
이상한 나라에서 온
나그네가 펼친 꿈

알 듯 모를 듯하고
생소하기만 했어도

어느 별에서 왔냐고
물어보고 싶었던 날
깊은 의미 새길 마음
준비도 겨를도 없이

내 심장 한 가운데
머물러 피워낸 불꽃

빛나는 그대의 광채
어느 별에서 왔기에
별에서 온 나마져도
눈을 감게 하나요.

너와 나는
별에서

이상한 나라에서 온
나그네가 펼친 꿈

내 심장 한 가운데
머물러 피워낸 불꽃

어느 별에서 왔기에
별에서 온 나마져도
눈을 감게 하나요.

# 내 날개 그대 위해

방향 잃어 접은 날개
갈 곳은 오직 하나

드높은 창공을 훨훨
자유롭게 날아라.

끝도 없이 말을 하고
길 찾아 헤매어도

접힌 날개 활짝 펴고
굴레 벗은 자유의지

멀리 더 멀리 가는 길
날개 짓 힘차게

세상 품어 날 안을 임
내 날개 그대 위해

# 사랑은 바보

꽃 냄새 찾아간 임
진한 향기 간데없이

긴 바람이 이루어질
사랑 그냥 좋아 웃고

사람냄새 좋다 하며
끈끈한 정 전해주면

사랑이라 품어 안고
바보라고 비웃어도

한세월 같이 살아갈
보석 같은 바보 순정

# 꽃피는 봄날

발그레한 여린 분홍의
꽃을 보고 달려가는

마음은 살색에 홀리고
다가가 뚫어져라 보다

이름도 묻지 않고
손길 대고 건드려서

발끝부터 머리끝까지
진분홍으로 물든 너

얼마나 기다렸었니?
내 손잡고 같이 가자

의심 없이 꽃피는 봄날
내 사랑을 받아다오

# 사랑의 숨결

따뜻한 숨결
닿듯 안 닿듯
몸 닳게 하고

숨기려 해도
떨리는 순정
들키고 마는

숨결을 타고
파동 치며
몰아쉬는 숨

심장 소리
한 박자 빨리
한 박자 더디

다 알아버린
가슴 뛰는
사랑의 숨결

# 애기가 된 바보 사랑

으앙 으앙

젖 달라
안아 달라

업어 달라
보채고만

속살 부빈
품속 사랑

코끝 가득
젖내임 향

살가운 잠
하루 종일

꿈만 꾸는
애기가 된

바보 사랑

# 알고 있나요

숨소리
하나마다
가슴을 울리는
마음이 보이는 걸.

점 하나
쉼표 하나
느낌표 하나에도
당신을 느끼는 걸,

곁에
있지 않아도
당신과 내가
하나 된 영혼인걸,

우리가
맞잡은
손
따듯한 한 손인걸

알고 있나요

# 우산을 받고 걷고 싶은 임

혼자 듣는 음악에 취해
비를 맞던 샛노란 청춘에
우산을 받쳐 줄 임
의미 두진 않았어요.

사랑, 설렘으로 시작하나요.
우산이 필요한 속사연
장님이 앞만 보고
걸었던 순수함이었어요.

세월이 아무리 흘러갔어도,
우산 속엔 빨간 열애,
뜨거운 사랑 나눔
뛰는 심장소리 들려와요.

이제야 사랑을 알았나 봐요.
당신이 씌워준 우산 속에
붉어진 내 얼굴도
속사연을 감추고 싶다하네요.

# 가을 연가 (戀歌)

빨갛게
노랗게
물들어간 잎새처럼

마음까지 붉게 번진
가을빛이 안겨주는
벅찬 가슴으로

눈 맞춤한 사랑

서툰 몸짓하던 날
세찬바람이
하나씩 옷 벗긴
하늘을 볼 지라도

놓지 못할 사랑

내 안에 있어도
그리운 당신
가을연가 불러준 임

빨갛게
노랗게
물들어간 잎새처럼

내 안에 있어도
그리운 당신

가을연가 불러준 임

# 수목원의 하루

숨의 절정
마력에 빨려간 길
숲길에 발 딛은
닮은 두 사람

첫걸음 어색하고
서툴게 마쳐가며
바라본 서로가
깍지 낀 행복

진실의 눈 맞춤에
절로 붙은 두 입술
행복을 훔친 순간
흙 밟은 평화

널 보지 않았다는
꽃나무 눈인사
종달새 즐겁게
전하던 사랑노래

고목의 뿌리에
산 까치 한 쌍이
그려준 희망 하나
그대와 나의 나

아!
꿈속에 눈감아
내가 탄 그네를
밀어주던 임이
소곤대준 미래….

수목원의
하루

# 내안에 당신

다 펼쳐 보인 마음
내가 그린 사랑

당신을 바라본 미소
내가 그린 꿈

욕심하나 없는 마음
내가 그린 배려

요동치는 벅찬 가슴
내가 그린 기쁨

내안에 당신이 있어
내가 흘린 눈물

# 당신은 빛나는 나의 노래

당신이 불러준 별나라의 노래
신 내린 혼백이 뱉어낸 말

은장도를 가슴에 품은 채
빛과 생명을 쫓아갈 진실

나는 듣고 가슴이 터지고 있어

무지개 좇아가는 세속의 욕망
내겐 관심 없는 허망한 꿈

하루살이 사랑가! 애오라지
날 위해 처연히 부르다가

불꽃에 지는 영혼을 보고 있어

부디 나를 기억해줘
당신은 빛나는 나의 노래니까

# 남기고 싶은 한 마디

긴 기다림의 시간 가고
꿈같이 다가온
순간의 숨소리
가슴에 담은
그대로

생각나 흥얼대고 싶었던
노랫말로 밥을 짓고
한마디 한 소절
맛깔난 상차림에
올려진

애심 가득 뜨거운 밥상
아날로그 순정의
마지막 사랑이
바로
당신입니다

# 내 사랑 맞아

아프다
말하지 그랬어.

힘들다
말하지 그랬어.

아파도
힘들어도

말 못할 거리를
느꼈던 당신

그래도
환한 웃음으로

함께 있어
좋았다 말해준

당신이
내 사랑 맞아

# 마지막 사랑

술에 의지하고
주위의 온정에
위로를 받는
보통사람

외롭다
우울하다
누군가에게
슬픔을 전합니다.

낯선 이의
친절에
익숙해지고
욕심나게 합니다.

욕심은
경우에 따라
수많은 핑계와
이유를 댑니다.

자신에게
유리한 말을 하고
끊임없는
변명을 해도

침묵으로
지키다가
늘 그 자리에서
기다려 주는 임

어느 때라도
환한 미소
부드러운 손길로
온전히 안아 줄 임

사랑의 은총으로
내 맘에 오시는 임
나의 마지막
사랑입니다

4부

그리움이 비가 되어

# 가고 오는 그리움

함께 머무른 시간들이
기억 속에 자리 잡아
참지 못할 그리움은
보고 싶다 말 하게하고

무엇을 하든, 생각하든
손 꼭 잡고 눈 맞추고
넓은 어께 내어주는
임의 얼굴 가는 그리움

가끔은 빈자리가 외로운
홀로 있는 내 안부
염려되어 걸려온 전화
임의 마음 오는 그리움

같은 마음에 깊게 새긴
가고 오는 그리움
내 얼굴 그리고 네 얼굴
사랑만을 꿈꾸는 그리움

# 그리움 달래주는 커피 한잔

떨어지지 않고
달린 눈물방울

달려가지 못해도
그 곳에 가있고

내일이면 오실
그리움 일지라도

주인처럼 박혀진
사랑의 화살

뽑아내지 못한
선홍피를 흘려내

그리움 달래주는
커피 한잔

# 다가온 그리움

외로움이 달려가
따듯해진 가슴

숨길 데 없어
내쳐 보내지 못한

숙명의 끌림에
손 놓은 기억이

전해준 그리움만
뜨겁게 걸어와

끌어안고 울었던
다가온 그리움

# 인연

운명의 *끄나풀*
인연이

영원을 꿈꾸는
운명이

약속하지 못할
미래가

허락된 시간 속에
모두가

다 지나간 후라도
남겨질 흔적!

음악 속에
노래 속에

살아있는 그리움

# 하얗게 흘러가는 그리움

맑은 물이 세월에
이끼에 물들어도

거부하고야 말 선택
영혼의 바램인가

잊고 잊힘에 몸부림
지나간 삶의 잔상

무게가 같을 수 없는
미련도 후회도 없이

어울린 동행의 시간
순수함으로 칠해 논

기억이 고집하는
하얗게 흘러가는

그리운 마음의 색깔

# 고독이 밀리는 밤

고난이 피워낸 꽃
사랑 그 후마저

독 묻은 상처의 흔적
이정표 잃은 바다에

밀물, 썰물 타고 가는
내 영원한 사랑을

가슴에 깊이 묻어놓고
멀리 헤매 가는 밤

소리 없이 파고들어
자리 잡은 고독의 실체

밤바다의 울음 같은
새벽을 맞는 아픔….

독 묻은 상처의 흔적
밀물, 썰물 타고 가는
내 영원한 사랑

가슴에 깊이 묻어놓고
밤바다의 울음 같은
새벽을 맞는 아픔….

# 너를 기다리는 동안

기억만이
어제의 詩와 달콤한

음악으로
오늘도 너를 만나고

아무것도
못한 채 가는 시간

무얼 했나
널 기다리는 동안에

홀로 남아
말 못한 가슴에 보인

너의 모습
행복만 가득한 첫날의

네 얼굴을
더듬고 있는 내가 있어….

# 바람 따라 가을이가네

가을빛 물든
바람을 벗으로
함께 가는 길

접어둔 마음이
날개를 펴고
깊은숨 내쉴 제

청춘은 갔어도
내님 따라
영혼은 자유

붉은 가슴
새겨 놓은
갈색 추억이가네

# 내가 그렇듯이 당신도

눈을 뜨면 날 보고 싶나요.
밤사이 내 꿈꾸셨나요.

아직 곤히 잠들어 있나요
단잠 깨우면 안 되나요

살짝 궁금한 게 있어서요.
기다리던 날이 밝아오면

살굿빛 떨림 속내 감추고
무심한 말로 나눌 인사

내가 그렇듯이 당신도
말로는 다 하지 못할 사랑

나와 당신만 아는 그리움

# 비가 된 사람

온종일
내리는 비가

옛사랑
불러내는 비

시가 되어
음악이 되어

그리운 눈물로
비가 된

생각을
풀어 놓는다

그 사람이
흐른다.

살아 온 이야기
살아 갈 이야기

실타래 풀어 놓듯
술 술 스르르

# 가을 사랑

눈빛으로
손끝으로
전하지 못할

마음의 편지
띄울 수 없어

맺힌 그리움이
바라본 허공에

내 사랑 당신이
계신걸 아시나요.

계절이 또 한 번
바뀌는 이 가을에

난 사랑의 아름다운
기억을 더듬고 있어요.

슬픈 계절이라 부르기엔
너무나 따듯했던 내 사랑이

사무치게 그리운 계절이오면….

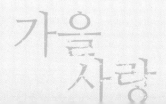

# 그리움이 비가 되어

행복한 날들을 기억하라
손등에 떨어지는 물방울

툭 툭 이 마음 저 마음
건드리고 전해주던 편지

눈물사연 콧물사연 담아
그리운 임이 남긴 추억

따듯함이 그리운 등 뒤로
접은 우산 펼치고 다가와

우산을 씌워주던 마음이
봄처럼 찾아와 웃으라고

빗물로 오시는 임 그리움

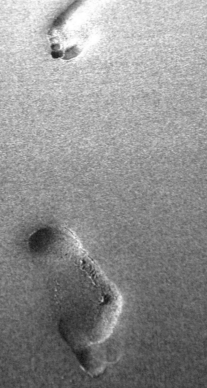

행복한 날들을 기억하라
손등에 떨어지는 물방울

따듯함이 그리운 등 뒤로
봄처럼 찾아와 웃으라고

빗물로 오시는 임 그리움

# 간이역

누군가를 만날 것만 같은
간간히 오는 막연한 설렘

떠나는 길 잠시 머물게 한
이름 모를 간이역 차창 밖

햇살처럼 웃으며 반겨주신
역사의 벤치를 채워준 임

꿈꾸던 긴 한 생애의 동행
빈 가슴 가득 채우고 남을

마음의 기다림, 애심 두고
떠나지 못할 추억의 간이역

# 보내고 싶은 편지

보고
또 보고,
더 봐도
보고픈 당신

날 알고
알아주고
안아준
따듯한 당신

그리움
그립다
말 못해
목만 타들어간

밤새움에
눈감고
써내려가는 편지….

# 생각하다 잠든 밤

손을 흔들고
미소 짓는
그대가

무심히 던진
진실의 언어
내일의 약속

누구의 간섭도
받지 않고
아무도 오지 않을

그 곳이 어디든
너와 나만을
기다리는 곳으로

걸어가는
그대의 뒷모습을
생각하다 잠든 밤

# 오늘 같은 날 그대와 한 잔

대범해도 수줍은 임이
전해주신 진실의 말

한마디가 가슴에 담을
향기라면 바랄 게 없소

커피 한 잔에 담은 향
술 한 잔이 남긴 짜릿함

잔마다 넘치는 손끝 정,
참 따뜻한 입술 적신 맛

날 위해 흔쾌히 웃어준
향기 진동하는 꿈속에

달콤한 정, 오늘 같은 날
그대와 마시는 한 잔

# 지금 그대만 생각나

풍경이 좋아
사람이 좋아
놀이가 좋아

와서
함께 어울려
즐겁게 놀자

눈길 주고
손길 달라
애태워도

내 마음의
주인, 지금
그대만 생각나

# 추억이란 이름표

추위와 목마름에 몹시 흔들려도
추스르고 이겨내야 했던 인내

이 세상에 다녀간 이유를 새겨
고고한 자태 곱고 순수한 향기

고달픈 삶이 다하는 그날까지
추억을 먹고 슬픔이긴

사랑만을 말해줄
나 없어도 기억할 그대

하루살이 덧없이 평범한 의미도
사랑이라 말해줄 그대가 있기에

추억이란 이름표를 붙입니다.

나 없어도 기억할 그대

사랑이라 말해줄 그대가 있기에
이 세상에 다녀간 이유를 새겨

추억이란 이름표를 붙입니다.

# 봄빛 추억의 몽당연필

봄이면 떠올리는
꽃 잔치에 들뜬 행렬
빛을 따라 가는 길은
소녀를 만나는 길

억겁의 세월이 흘러도
같은 봄은 오겠지요.
옛 추억을 더듬어
향기에 취해보는 꿈

몽글 몽글 피어나는
그 소년을 그린 마음
서툰 감정 몽당연필로
써놓고 붉어진 얼굴

부끄러워 지우고 쓰다
촛불 켜고 밤을 새운
분홍색 필연의 낙서
봄빛화살에 진 풋사랑

# 당신이 잠든 밤에

기다린 세상! 눈감고
손만 움직인 까만 밤

꿈꾸다 빚은 그리움
부드러운 손길 주고

날 데려가 줄 그날을
기다릴 수만 없어서

행복이란 돌, 하나 둘
쌓아올려 지은 움막

꿈길을 넘나든 마음은
당신이 잠든 밤을 새워

울려준 아름다운 영혼
아침이 쓴 해님의 詩

# 한참 동안

한동안 말없던
참혹한 가슴에
피멍의 그림자
쓸어 비벼준 임

한세월 살다가
참 괜찮은 만남
동이 트면 떠날
애타는 그리움

한참 동안
참사랑 안겨준
둥그런 얼굴만
안고 잠든 나

# 기억 할게요

뚝 떨어질 눈물
입맞춤으로 받아준
당신, 기억할게요.

영혼으로 말하고
감성으로 알아준
당신, 기억할게요.

기억할 필요도 없이
무의식에 존재하는
당신, 기억할게요.

눈감고 다물었던 입
눈뜨고 말하게 한
당신, 기억할게요.

달고 쓴 맛 느끼고만
세치 혀가 말하네요.
당신, 기억할게요.

5부

아기별꽃

# 분꽃

고은 신부
사랑을 흠뻑 받은
발그레한 볼 같이

어찌 그리 예쁜가.

초록치마에
진분홍 저고리
첫 눈에 반해 버린

선명한 자태
순수한 매력

참지 못한 입맞춤

분홍빛
사랑의 첫 느낌

# 백일홍

가슴으로 맺어진 인연
온 마음 붉게 물들이고

그리움은
구름길
하늘만 바라보네.

임 생각 기다림에
숨조차 쉬기 힘들어도

비가 오나
눈이 오나
한 곳에서

예쁘게 단장하고
그님을 기다리고 있네.

# 구름

하늘에 집을 짓고
아래를
내려다보며
대화를 건네는 너 좋아해

많은 말 필요 없이
눈길로
발길로
이야기 하게 하는 너 좋아해

너를 보면
그날의 마음을 읽을 수 있어
그저 바라만 봐주기를
기도하는 순수한 너 좋아해
굳이 들어내어
기쁨과 슬픔을 말하지 않아도
눈 맞춤으로
내 맘을 알아주는 너 좋아해

하늘의 정원을
무심히 쳐다본 나에게
잃어버린
동심을 찾게 해준 너 좋아해

# 메밀 꽃길

온 세상 은빛으로
물들인 눈밭 길

살랑대는 바람타고
찾아온 아길 본 듯

홀딱 반해 팔랑대는
벌 나비 함께 날고

내 딛는 발길마다
춤추는 하얀 물방울

눈밭에 어른아이가
방실방실 웃던 꽃길

# 아침 바다

해 오름에 벅차게
감흥을 안겨주는
희망의 아침 바다

어제의 사랑마저
미움도 묻어버린
망각의 아침 바다

싱그럽고 신선한
파도가 정화 시킨
평화의 아침 바다

새 마음 새 각오
바람에 뚫린 가슴
맑음의 아침 바다

저 파도 따라가신
내 임도 같이 오는
사랑의 아침 바다

알지 못할 신성함
끓는 용기에 눈뜬
전율의 아침 바다

# 제비꽃 사랑

들풀에 조용히 머문
시리도록 아픈 날의
평화

겨우 햇살 받은 생명
눈길 주는
존재

초라하고 투박한 색
빛나던 '끌림'의
눈 맞춤

지침 없이 너를 찾던
발걸음아

소박한 사랑의 소망
나를 기억해 다오

청순하고 순수한
제비꽃 사랑

빛나던 '끌림'
지침 없이 너를 찾던

눈 맞춤
발걸음아
나를 기억해 다오

# 해바라기 사랑

마음에 사랑이 들어와
집을 지었습니다.
사랑이라 이름 붙이고

그 사랑이
하나임을 알기까지
지나온 시간은
특별한 줄 알았습니다.

사랑은 누가 뭐래도
빛보고 웃는 해바라기

마음이 하는 일
하늘 하나만 바라보는
안타까운 그리움이

영원한 기다림이라도
오직 당신만을
바라는 해바라기 사랑

# 능소화

첫눈에 반해 버려
영혼까지 빼앗긴
단 한 번의 사랑은
애닲은 그리움

당신 이어야만 할
기다림의 세월
선홍빛 미소로
담장을 넘고

잔바람이 살랑거려
당신의 품 살 내음
풍겨주는 향기에
눈을 감은 꿈

한 서린 기다림이여

# 범부채꽃

현란한 유혹
고개 젓게 하지요

소담스럽게
사랑하기엔 멀게만
느껴지는 강한 첫 느낌

사랑 없이도
말려가며
스스로 씨를 퍼트리는
인고의 아픔이 있군요.

화려한 몸짓에
숨어있는
애잔한 그리움

정성 어린 사랑
숨어있는 속사랑에
마음 끌림 커집니다.

# 담쟁이

쟁쟁한 경쟁
한걸음 물러선
순리를 배우고

이젠 참음의
의미를 새기며
살아야겠지

비교된 삶
순간의 족적을
남겨놓은

낮은 자세
자신을 찾아가는
손 뻗는 떨림이

아름다운 끈기

# 특유의 떨림이 좋아

발길 닿지 않는 곳에서
나를 마중 나와 기다린 듯
노란 민들레 꽃 한 송이와
눈이 마주쳤었어.
왜 그리 혼자 피어있니!
외롭지 않니 묻고 싶었어.

며칠 사이 노란 민들레가
하얀 민들레 솜털씨앗으로
옷을 갈아입고 금방이라도
하늘하늘 날아갈 것 같아
난 또 자리를 뜨지 못하고
웅크리고 앉아 지켜보았어.

봄바람에 흔들리는 너의
특유의 떨림을 좋아하기보다
홀연히 날아가 버릴까
얼마나 가슴이 조여 오던지
마치 첫 키스의 떨림으로
얼음 땡 되어버린 몸처럼

떨림을 함께 하는 시간이었어.

# 아기별꽃 I

보고 싶은 마음이 있어야
만나게 되지요

살펴보는 마음이 없었으면
그냥 스쳐 지나갈 인연

하얀 속살의 수줍음으로
아기 솜털의 순수함으로
고운 인연이 시작됐지요.

꽃이라 부르기엔 너무나도 순수하고 연약해 보여서
말 붙이지 못했지요.

추억이 그곳에 있었어요.

여리지만 혼자가 아니기에
함께 어우러진 예쁜 모습 때문에 행복해 보였어요.

살펴보는 마음이 없었으면

그냥 스쳐 지나갈 인연
여리지만 혼자가 아니기에

추억이 그곳에 있었어요.

# 빨간 우체통에 봄 냄새

빨간 우체통에
간절히 소식전한

우리들의 이야기
체온 담긴 손길

통보리 입에 물고
과수원 길 따라

봄이 설레 안겨와
내 마음 네 마음

장단 맞춰 춤추는
분홍빛 꽃길 밟아

빨간 우체통에
봄 냄새 가득 담고

임이 오신단다.

# 여린 봄기운

남해에서 전해오는 꽃소식
종아리 살 터지는 꽃샘추위
아랑곳 하지 않는 창밖유혹

살랑거리는 콧바람은
햇살 받은 산길 따라 가고
정겨운 냇물소리 들려오는

여린 봄기운의 설렘이
노란 분홍 연두 옷 갈아입고
좋은 임 손잡고 걷는 길

못 말리는 춘정의 몸부림

# 봉선화에 물든 사랑 II

건들까 만질까
터질라
바라만 보기가

참지 못할
신비로움, 붉은
심장은 콩콩이고

톡 건들려 본
수줍음의 찰라
꽉 오므리고

꼭 쥐었다가
사랑 다오
활짝 피운 손

어느새 빨갛게
더 빨갛게
봉선화 사랑

꽃물 들어 있었다,

# 연분홍 꽃잎이 바람에 한들한들

절로 시선 가는
유혹의 몸짓
하늘하늘
가냘픈 선의 자랑

손을 얹고
화답하고 싶은 마음
가벼운 발길 재촉하고

연분홍 수줍음은
바람 타고
맑은 사랑 지핀다.

전해준 향기
파란하늘 가을을 녹이고
가벼운 몸살 앓게 하는
가을사랑 일 번지

# 7월엔 그대 그늘숲이 좋아

바쁜 걸음 멈추게 하는 곳
편안히 머물 수 는 있는 곳이기에
코끝으로 다가오는 너의 냄새
저절로 마음의 위로가 되서 좋아

우거진 그대 그늘숲이 유혹하는
어느 한 날 내내 머물게 하는 곳
풀 향기 나무향기에 마음 내려놓고
쉬어가라 품어주는 네가 좋아

너의 향기 지그시 눈감게 하고
마주 보고 있는 정다운 고목까지
한 가득 심호흡을 들이게 하는 곳
마음에 평화를 찾아주는 네가 좋아

흙냄새 바람 냄새 어우러진 노래
산새들의 합창이 가슴 열게 하는 곳
누구라도 그 노래를 따라 부를 곳
내 귀를 즐겁게 해주는 네가 좋아

뜨거운 햇살 가린 너의 그늘에 머문
사랑과 평화의 마음을 나눠주는 곳
진정한 벗이 내어준 쉼터에 머물 곳
7월엔 그대 그늘숲이 좋아

# 풀잎 향기

풀냄새 가득한 정원에
임과 내가
피운 꽃
잎사귀에

임과 내가 함께 코 대고
그 향기에
취해서
살기를

기도하는 마음을 잊지는
말아달라는
풀잎
향기

# 작약이 남긴 눈웃음

좋은 마음
따뜻한 마음으로
손길 뻗어 보았지

순진하고
부끄러운 미소였어.

끌림은 그런 것

시선 마주 하며
눈웃음 건네는
고운 시간의

기억을 남겨주었어.

# 꽃처럼 아름다워라

보기만 해도
생기가 돋는
한 번 준
눈길

가슴에
새겨 놓은
사랑을
고백해야 할

아름다운 자태
감춰둔 용기
굳이 꽃이라
부르지 않아도

보기도
전에
생각만으로도
행복한 꿈이다

# 시와 나

자신과
이야기하며
시를 씁니다.

마음이
빛을 잃을 까
시를 씁니다.

하늘과
바람과
구름을
벗 삼아
시를 씁니다.

들꽃과
나비의
아름다움으로
시를 씁니다.

파도가 전하는
이야기로
시를 씁니다.

은총의 향기
사랑의 향기로
시를 씁니다.

# 책갈피에 잠들지 말아요.

가슴속에 담아
하나씩 하나씩
적어두고 꺼내보았던
책갈피 속, 마음 글

누군가 볼까 봐
부끄러워
꼭 잠가둔 책갈피

터질 것 같은 마음에
햇볕 그리운
들꽃 바람 쏘였더니

생각지도 못한 변화
시인의 옷이 입혀진

책갈피 속 마른 장미
바깥세상 구경하다

봄나들이에 넋이나가
잠들지 말라하네요….

한 장의 그림을 그리듯 심혈을 기울여 사진을 찍는 사진작가. 그는 동국대에서 미술을 전공한 후, 상명대학교 예술디자인대학원에서 포토저널리즘으로 석사 학위 취득. 또한, 2003년부터 2005년까지 금석문 프로젝트에 참여한 바 있으며, 서울의 곳곳에서 다수의 작품 전시회를 진행하기도 했다. 죽산국제아트페스티벌 아트 디렉터를 역임했으다. EBS 세계테마기행 요르단 편, 가이아나 편, 인도 편, 파키스탄편, 이집트편과 KBS 6시 내고향 등에 출연했다. 사람들이 쉽게 접할 수 없는 거대한 히말라야, 뜨거운 사막, 거친 정글 등에서 인간들이 갈망하는 세상의 조각들을 작가만의 시선으로 수집하고 있으며, 국제구호단체 월드비전과 함께 세계 아동들의 모습을 사진에 담아내는 작업도 하고 있다. 다른 문화 속에서 같은 삶의 무늬를 찾아내는 그의 사진은 무척 정적이면서도 밝고 따뜻하다. 아이 같은 시선으로 삶의 순수한 조각들을 포착해내는 그의 카메라는 삶 구석구석 깊숙이 앵글을 맞춘다.

저서로는 《중동의 붉은 꽃 요르단》《따뜻한 말 한마디 아이 러브 드림》이 있고, 《신의 뜻대로》《튀니지》《너의 눈에서 희망을 본다》《가장 낮은 데서 피는 꽃》《두 번 째 사랑이 온다면》 등의 책에 사진으로 참여했다. 사진전'In PAKISTAN'(파키스탄 국립현대미술관), 'Never Stop~ 시리즈' 외 다수의 개인전을 국내외에서 열었다.